AF498160

INSTITUT DE FRANCE.

ACADÉMIE DES SCIENCES

SÉANCE PUBLIQUE ANNUELLE

DU LUNDI 18 DÉCEMBRE 1899

PRÉSIDÉE PAR M. PH. VAN TIEGHEM

PARIS

TYPOGRAPHIE DE FIRMIN-DIDOT ET Cⁱᵉ

IMPRIMEURS DE L'INSTITUT DE FRANCE, RUE JACOB, 56

—

M DCCC XCIX

INSTITUT
1899. — 38

INSTITUT DE FRANCE.

ACADÉMIE DES SCIENCES

SÉANCE PUBLIQUE ANNUELLE

DU LUNDI 18 DÉCEMBRE 1899

DISCOURS

DE

M. PH. VAN TIEGHEM

PRÉSIDENT

MESSIEURS,

Fondée en 1666, l'Académie des Sciences compte aujourd'hui deux cent trente-trois ans d'existence. Durant ce long espace de temps, où notre pays a connu bien des vicissitudes, pas un seul jour elle n'a failli à sa noble mission, qui est de travailler, par tous les moyens et dans toutes les directions de l'esprit, à l'avancement de la Science, c'est-à-dire à l'augmentation de notre connaissance ou plus exactement à la diminution de notre ignorance des choses et des lois de l'Univers. Elle sait bien, en effet, que l'homme le plus savant sera longtemps encore, sera toujours sans doute comme l'enfant auquel, dans sa modestie, le grand

Newton aimait à se comparer : en jouant sur le rivage, il trouve çà et là un caillou plus brillant que les autres, il découvre de temps en temps un coquillage mieux orné que les autres, pendant que l'immense océan de la Vérité s'étend inexploré devant lui.

A mesure donc que, par l'effet même de cette constante impulsion, la Science a marché et qu'en se ramifiant se sont multipliées les voies où elle se développe, à mesure que, sur le rivage chaque jour un peu plus élargi de la mer inconnue, l'œil plus exercé de l'enfant a pu apercevoir de nouveaux cailloux plus beaux, que sa main plus habile a pu saisir de nouveaux coquillages plus précieux que les anciens, la tâche de notre Compagnie est devenue plus complexe et plus difficile à remplir. Mais aussi elle a su, chaque fois, par un effort plus grand, se porter plus avant et plus haut, de manière à se maintenir à toute époque à la tête du mouvement scientifique contemporain, tout en préparant les voies de l'avenir. Qu'elle conserve encore aujourd'hui ce beau rôle d'initiatrice du progrès, qu'elle exerce même plus efficacement que jamais ce qui est, pour ainsi dire, sa fonction sociale, pour le prouver, il suffira de jeter un coup d'œil rapide sur les progrès les plus importants réalisés dans les diverses parties de la Science au cours des deux ou trois années qui viennent de s'écouler.

Longtemps séparées et comme étrangères l'une à l'autre, les diverses sciences mathématiques se rapprochent, se pénètrent chaque jour davantage et tendent de plus en plus à s'unifier. C'est ainsi que la notion de groupes de transformations, introduite d'abord en Algèbre, a peu à peu envahi tout le domaine mathématique et que les nouvelles méthodes de l'Analyse se sont introduites dans la Géométrie, dans la Mécanique et jusque dans la Théorie des nombres. Tout en suivant cette marche convergente, chacune des sciences particulières a réalisé pour son compte d'importants progrès. En Géométrie, ils ont porté sur la déformation des surfaces, sur les surfaces à courbure constante; sur l'étude des lignes et des surfaces à l'aide des nouvelles fonctions transcendantes fournies par le Calcul intégral. En Analyse, ils ont intéressé l'étude des fonctions définies soit par des équations différentielles, soit par des séries; soit par des fractions continues; aussi, de ces dernières, ne peut-on plus répéter aujourd'hui ce qu'en disait hier encore un de nos Confrères; que c'est « une sorte de terre inconnue; dont la carte est presque blanche ». En Mécanique, plusieurs géomètres se sont occupés de la recherche des intégrales des problèmes de dynamique. D'autres ont perfectionné la théorie de l'élasticité par une étude approfondie des analogies existant entre les équations de l'élasticité et l'équation de Laplace, qui se présente en Physique mathématique. D'autres encore ont consacré leurs efforts à la résolution d'un problème d'une actualité immédiate, le mouvement de la bicyclette. Un concours ouvert par l'Académie sur ce sujet a non seulement donné les résultats les plus satisfaisants au point de vue pratique, mais provoqué de nouvelles recherches théoriques sur l'impossibilité d'appliquer aux mouvements de roulement certaines équations générales données par Lagrange.

L'Astronomie a reçu du *Traité de Mécanique céleste* de notre illustre et regretté Tisserand, digne continuateur de Laplace, et de l'ouvrage d'un de nos confrères *Sur les*

Méthodes nouvelles en Mécanique céleste une très forte impulsion, qui a donné naissance aussitôt à de nombreux et importants travaux. D'autre part, elle a recueilli des renseignements plus précis sur la constitution du système solaire, et plusieurs vastes entreprises engagées par elle depuis plusieurs années, ont commencé de porter leurs fruits. Appelant à son aide la photographie et la spectroscopie, elle a pu étendre le champ de ses recherches et pénétrer plus avant dans l'exploration des espaces célestes. C'est ainsi qu'on a vu paraître récemment les premières feuilles de la carte photographique du Ciel, exécutée par une Commission internationale sur l'initiative de la France. Avec ses trente millions d'étoiles, cette grandiose publication léguera à la postérité l'image exacte du Ciel à notre époque. L'atlas photographique de la Lune, qui s'y rattache étroitement, donne déjà, pour une grande partie de la surface de notre satellite, une image à la fois expressive et fidèle. Ses cirques profonds, ses hautes montagnes, ses nombreuses vallées, ses rayonnements de cendres blanches, tout y est reproduit avec une exactitude qui n'a pas encore pu être atteinte jusqu'à présent dans la représentation du sol de la Terre qui nous porte.

En même temps, la spectroscopie, cette méthode admirable qui nous a permis déjà de pénétrer dans la constitution intime des astres les plus éloignés, a réussi à déterminer avec une précision de plus en plus grande la vitesse du mouvement des astres dans le sens du rayon visuel, et il est devenu possible de reconnaître qu'un grand nombre d'étoiles, en apparence simples, sont en réalité des groupes d'astres, circulant les uns autour des autres à des distances si faibles que les lunettes les plus puissantes ne parviennent pas à les distinguer isolément. Elle a permis aussi de démontrer que les ondes lumineuses subissent l'influence des agents physiques et, par l'analyse de ces effets, elle a pu confirmer que, dans le gigantesque foyer de matières incandescentes qu'est l'enveloppe solaire, les gaz se trouvent superposés dans l'ordre de leurs poids atomiques.

La Physique nous a dotés de la télégraphie sans fils, dont le principe a été posé le jour où l'illustre Hertz a établi que l'électricité se propage à distance par voie de vibrations, à la façon de la chaleur et de la lumière. Grâce à elle, on a pu déjà correspondre de France en Angleterre à travers la Manche, en franchissant une distance de cinquante kilomètres, relier entre elles, tant en France qu'en Amérique, diverses stations maritimes, rattacher Chamonix à l'observatoire établi au sommet du Mont-Blanc : ces premiers succès justifient toutes les espérances.

La production et le transport de l'énergie électrique en vue des applications les plus variées : éclairage, locomotion, industries électrochimiques, métallurgiques et autres, ont amené l'invention de machines électriques affectant les formes les plus diverses et dans lesquelles le courant est produit dans les conditions les plus différentes, depuis les intensités les plus faibles et les tensions les plus réduites, jusqu'aux intensités les plus fortes et aux tensions comparables à celle de la foudre. La puissance de ces machines atteint aujourd'hui 1 000 chevaux et l'on en construit qui dépasseront 1 500 chevaux.

Pour les mettre en marche, on a demandé aux machines à vapeur des vitesses de plus en plus grandes et aussi des puissances de plus en plus fortes sous des volumes et des poids de plus en plus réduits, et, comme conséquence, une utilisation de plus en plus complète de l'énergie calorifique employée. De là, de grands progrès dans la construction des machines à vapeur ordinaires et dans leurs générateurs, qui ont permis aussi aux locomotives de franchir sans arrêt d'énormes distances. De là, surtout, une conception nouvelle, qui consiste à faire agir la vapeur directement comme l'eau sur les aubes d'une turbine. Légères et peu encombrantes, ces turbines à vapeur, qui font jusqu'à 400 tours par seconde, ont aussitôt trouvé leur emploi naturel à bord des navires et surtout des torpilleurs, où elles ont permis d'obtenir des vitesses inespérées. Les navires à marche rapide faisaient naguère 35 kilomètres à l'heure, ils en font maintenant 55, et les torpilleurs jusqu'à 65.

Malgré les perfectionnements apportés aux moteurs à vapeur et la meilleure utilisation qui en résulte pour les approvisionnements, après tout limités, de combustible minéral dont l'industrie peut disposer, des efforts considérables ont été faits pour utiliser les forces naturelles disponibles sous forme de chutes d'eau. Des travaux d'art gigantesques s'élèvent déjà dans certains pays, spécialement favorisés par la nature sous ce rapport, et de puissantes turbines sont mises en service pour actionner les générateurs d'électricité, dont l'énergie est utilisée sur place ou transportée à distance pour alimenter des usines produisant l'éclairage, mettant en marche des véhicules, ou servant à des fabrications diverses, notamment aux industries chimiques et métallurgiques.

En modifiant les conditions de la vie sociale, la bicyclette, cette véritable merveille de mécanique, dont on disait tout à l'heure que la théorie laisse place encore à bien des surprises, a provoqué l'étude de nouveaux moyens de locomotion plus rapide; elle a été l'introductrice de la locomotion automobile et de ses rapides développements, qui promettent une vie nouvelle à nos vieilles routes abandonnées. Celle-ci, à son tour, a introduit des perfectionnements dans les différents types de petits moteurs susceptibles d'être appliqués à la mise en marche des véhicules, et de ce côté aussi de remarquables progrès ont été accomplis.

La production des fameux rayons X, dont la découverte si récente a déjà provoqué tant d'utiles applications, a été améliorée par l'emploi de tubes qui ne s'usent pas et donnent une surface radiante intense et presque ponctuelle. On peut obtenir ainsi en peu de temps des radiographies très nettes, résultat très important aussi bien pour la Médecine que pour la Chirurgie, où cette nouvelle méthode d'investigation rend des services chaque jour plus précieux.

A côté de ces rayons, d'autres, encore plus mystérieux, ont pris place dans la Science. Ils sont dégagés d'une façon continue par l'uranium, et aussi par d'autres corps simples que l'on a découverts précisément par cette singulière propriété et dont on connaît déjà trois : le radium, le polonium, le troisième n'est pas encore nommé.

Enfin les relations profondes et longtemps cachées qui existent entre la matière pondérable et l'éther, et au sein de l'éther lui-même entre les divers modes de vibration dont il est animé, en particulier entre les ondes électriques et les ondes lumineuses, ont continué d'exercer avec succès les efforts des physiciens.

La Chimie nous a fait connaître l'argon, l'hélium et les autres gaz de l'atmosphère qui sont, par rapport à l'azote et à l'oxygène, comme les petites planètes par rapport aux grandes dans notre système solaire.

Maniant facilement, grâce au four électrique, les températures les plus élevées jusqu'au delà de 3 5oo degrés, elle a reproduit le diamant, étudié les carbures métalliques et obtenu à l'état de pureté les métaux réfractaires, en dernier lieu l'uranium, type des métaux radiants. Sachant aussi, d'autre part, obtenir les températures les plus basses et jusqu'à — 257 degrés, c'est-à-dire jusqu'à 16 degrés au-dessus du zéro absolu, non seulement elle a liquéfié l'air, qui aujourd'hui se manie aisément à l'état liquide dans tous les laboratoires, mais encore liquéfié, puis solidifié l'hydrogène, faisant ainsi disparaître de la langue scientifique le mot de gaz permanent.

Après avoir réalisé la synthèse des sucres, elle reproduit maintenant, à partir de l'acide urique, avec le guano comme matière première, la caféine du Café, la théobromine du Cacao et dirige ses efforts, déjà couronnés d'un succès partiel, vers la reconstitution des alcaloïdes naturels, notamment de la morphine et de la strychnine. Après avoir fabriqué de toutes pièces l'alizarine de la Garance et la vanilline de la Vanille, elle reproduit aujourd'hui les essences de Violette, de Jasmin, de Lilas, d'Estragon, d'autres encore, et nous fait espérer que, tout en reconstituant de la sorte toutes les essences naturelles connues, elle saura en créer de nouvelles, plus délicieuses, et réaliser ainsi, pour les parfums, ce qui a été fait depuis une trentaine d'années pour les matières colorantes.

Comme les sciences mathématiques, la Physique et la Chimie se rattachent l'une à l'autre par des liens chaque jour plus nombreux et tendent ainsi vers l'unité. Il en est résulté, à leurs limites, la constitution d'une région nouvelle, la Physicochimie, avec ses diverses subdivisions : la Thermochimie, la Photochimie, l'Électrochimie, etc., région dans laquelle se sont accomplis déjà des travaux importants et qui est pleine de promesses pour l'avenir.

La Physique du globe comprend, comme on sait, l'étude des trois parties dont se compose notre planète, l'atmosphère, les terres et les mers. L'exploration de l'atmosphère à l'aide des cerfs-volants et des ballons-sondes a ouvert une voie nouvelle à la Météorologie. A leur aide, on a pu élever jusqu'à une hauteur de 15 kilomètres des appareils enregistreurs, qui ont mesuré simultanément la température, la pression, l'état hygrométrique et fixé la composition chimique de l'air dans les hautes régions.

La Géographie a fait un pas important vers la solution du problème du continent austral. Si l'existence de ce continent n'est pas douteuse, en raison de la nature des pierres que la drague rapporte du fond sur le bord de la banquise, du moins les récentes expéditions conduisent à lui attribuer une superficie moindre qu'on n'était porté à lui supposer. De récents voyages dans l'Asie centrale ont précisé la position des chaînes de montagnes de cette région et la constitution spéciale du sol dans les grands déserts du Gobi et de la Mongolie. Les géologues, de leur côté, pénètrent chaque jour plus avant dans la connaissance si difficile des régions disloquées, telles que les Pyrénées et les Alpes, en Europe, telles que les Andes en Amérique.

Maintenant que l'importance de son but est mieux comprise et que ses méthodes d'investigation sont plus sûres, l'Océanographie marche à grands pas. Vers le pôle Nord, les expéditions suédoises, danoises, anglaises et françaises ont pénétré jusqu'à 86° de latitude et rencontré des profondeurs de 5 400 mètres. Dans les régions de latitude moyenne, le Pacifique, la mer Rouge, la Méditerranée ont été explorés en tous sens. Vers le pôle Sud, une expédition belge, dont l'heureux retour a été fêté ces jours-ci, a réussi pour la première fois à hiverner dans la banquise antarctique; une expédition allemande a atteint le bord du continent antarctique par 53° de longitude E. et a trouvé là des profondeurs de 5 000 mètres. Une expédition anglo-norvégienne vient de s'installer sur la terre Victoria pour un hivernage qui permettra de déterminer la position du pôle magnétique austral, nécessaire à l'établissement définitif de la théorie du magnétisme terrestre. Toutes ces explorations nous ont révélé la nature et la proportion des divers organismes, animaux et plantes, qui peuplent la haute mer au voisinage de la surface et dont l'ensemble constitue ce qu'on a nommé le plancton. L'étude méthodique de ce plancton a été poursuivie avec succès, notamment dans la mer du Nord, où les variations de sa composition étaient d'autant plus utiles à connaître qu'elles semblent régler l'apparition et la disparition des bancs de Harengs. La fondation, à Monaco, d'un Musée océanographique, où seront centralisés tous les documents spéciaux ainsi obtenus, facilitera désormais leur tâche aux explorateurs de toutes les nations.

Comme les Sciences mathématiques, comme les Sciences physiques, les Sciences qui étudient les êtres vivants tendent de plus en plus à se confondre en une seule : la Biologie. Chacun de leurs progrès récents marque un pas de plus vers cette unification.

La Biologie générale s'est attachée à l'étude du difficile problème des diastases, ces singuliers corps azotés neutres qui transforment sans cesse, par un mécanisme que la Chimie ne nous a pas encore expliqué, les matériaux de réserve en substances assimilables. Elle a fait connaître deux catégories nouvelles de ces corps : les uns provoquent l'oxydation des matières soumises à leur action, ce sont les oxydases ; les autres ne sont pas diffusibles au dehors à travers les membranes des cellules et demeurent intimement unis au protoplasme, dont on ne peut les séparer que par la destruction ; aussi a-t-on cru longtemps que leur action décomposante était l'œuvre directe du protoplasme lui-même. Telle est cette zymase qui, produite par la Levure de bière dans les conditions d'asphyxie, provoque la décomposition du glucose en anhydride carbonique et alcool, en un mot, la fermentation alcoolique.

La Biologie animale, ou Zoologie, a montré que les animaux les plus simples, ceux qui ont la propriété de former des spores comme les Champignons, ce qui les a fait nommer Sporozoaires, produisent néanmoins des œufs par le même mécanisme compliqué qui est bien connu chez les animaux supérieurs. Elle a fait voir que, chez certains parasites, l'œuf donne non pas un seul embryon, mais tout un groupe d'embryons, devenant plus tard autant d'animaux adultes, fait depuis longtemps constaté chez diverses plantes Elle a éclairé le mode de formation des vraies perles, en montrant qu'elles se forment dans l'Huître perlière à la suite de la piqûre locale d'un parasite, qu'elles sont le résultat d'une sorte de maladie contagieuse de l'Huître. Elle a fait connaître la reproduction des Anguilles, qui vont pondre à la mer, où leurs œufs se développent en larves nommées Leptocéphales, qui remontent ensuite dans les rivières. Elle a établi, résultat important au point de vue de la recherche des origines, que le corps des Vertébrés est formé de segments comparables à ceux des Insectes et des Vers annelés, la tête ne renfermant pas moins de sept de ces segments. Aux fonctions bien connues du foie elle en a ajouté une nouvelle, en montrant qu'il concentre et met en réserve le fer nécessaire à la constitution et à l'entretien de l'organisme. Enfin, poursuivant l'étude de la contraction musculaire, soit statique, soit dynamique, elle a recherché les règles qui gouvernent les transformations d'énergie dont le muscle est le siège dans l'un et l'autre cas et qui sont la source de son travail.

La Paléozoologie a découvert de nouveaux types d'animaux, notamment de Vertébrés fossiles : Reptiles, Oiseaux et Mammifères de forme étonnante, trouvés d'abord dans l'Amérique du Nord, aux Montagnes Rocheuses, puis en dernier lieu dans l'Amérique du Sud, en Patagonie. Ces types nouveaux bouleversent les anciennes classifications, qui doivent s'élargir et se transformer pour les recevoir; ils nous donnent en même temps une idée plus complète de l'histoire de la vie animale à la surface du globe.

La Biologie végétale, ou Botanique, a établi que certaines Phanérogames, telles que les Cycades et le Ginkgo, forment leurs œufs à l'aide d'anthérozoïdes mobiles et ciliés, assez semblables à ceux des Cryptogames vasculaires, mais beaucoup plus grands, puisqu'ils sont visibles à l'œil nu, ce qui a abaissé d'un degré la barrière qui sépare ces deux embranchements. Elle a fait voir aussi que l'ovule manque chez bon nombre de Phanérogames de la classe des Dicotylédones, et montré, par la marche différente des choses quand il fait défaut, par la variation de sa structure quand il existe, qu'il est nécessaire de distinguer dans cette classe un bon nombre de familles nouvelles et de préciser plus exactement les affinités des anciennes, ce qui conduit à améliorer la classification de ces plantes. Enfin, par la connaissance chaque jour plus précise des variétés et par le choix chaque jour plus judicieux de celles qu'il convient de soumettre de préférence à la culture, comme répondant le mieux aux besoins de l'homme, elle est parvenue à augmenter dans une proportion considérable la récolte des plantes agricoles, en particulier de la Betterave, de la Pomme de terre et du Blé.

La Paléobotanique a repris avec succès l'étude, inaugurée il y a vingt ans, mais longtemps délaissée, du rôle qu'ont joué dès les temps les plus anciens, notamment dans la formation de la houille, les petites Algues incolores de la famille des Bactériacées. Elle a achevé ainsi de démontrer que le rôle de ces plantes dans la fermentation et dans la destruction de la matière organisée avait pris déjà, dans ces âges si reculés, toute l'importance que nous lui connaissons aujourd'hui.

Celles qui vivent et pullulent dans la terre arable, la fertilisant si elles y fixent l'azote de l'air et si elles oxydent l'azote pour faire de l'acide nitrique, la stérilisant, au contraire, si elles décomposent l'acide nitrique pour en dégager et en perdre l'azote, préoccupent chaque jour davantage les agronomes, qui en poursuivent activement la difficile étude. Celles qui se développent dans le fumier de ferme le transforment peu à peu et lui donnent enfin ses propriétés fertilisantes. Aussi, en s'appliquant à régler la marche du phénomène, est-on parvenu à améliorer beaucoup la préparation du fumier, à éviter notamment les grandes pertes d'azote qu'on y déplorait naguère.

On sait, d'autre part, depuis les beaux travaux de notre grand Pasteur, que la plupart des maladies de l'homme et des animaux domestiques sont de même provoquées par le développement dans le corps de certaines Bactériacées parasites. La connaissance approfondie des propriétés spécifiques de ces plantes a conduit déjà à prévenir ou à guérir quelques-unes de ces maladies et il est permis d'espérer que de nouveaux efforts réussiront peu à peu à les vaincre toutes. Aussi voyons-nous, dans le monde entier, toute une légion de travailleurs s'engager résolument dans cette voie difficile, mais féconde en bienfaisantes découvertes. Bornons-nous à inscrire ici les deux résultats le plus récemment obtenus dans cette direction.

D'une part, on s'est appliqué à résoudre le problème très compliqué de la préservation et de l'immunité. Tout d'abord on a été amené à attribuer aux leucocytes le rôle prépondérant dans ce phénomène. Tantôt ils agissent directement en détruisant, en digérant le corps même des Bactériacées, ils sont phagocytes, il y a phagocytose, comme on dit. Tantôt ils fonctionnent indirectement, en sécrétant des substances capables de combattre l'action des toxines produites par les Bactériacées, des anti-toxines, comme on les appelle. Plus tard, le rôle si actif joué par les leucocytes dans la défense de l'organisme a été reconnu appartenir aussi à d'autres cellules, notamment à celles qui revêtent la paroi interne des vaisseaux.

D'autre part, la peste ayant reparu d'abord dans l'Inde et tout récemment en Portugal, à Oporto, on s'est attaché à son étude ; on a découvert la Bactérie qui la provoque, montré le rôle que jouent les puces et les rats dans la propagation du parasite, et surtout on est parvenu à produire un sérum antipesteux, dont l'efficacité, déjà éprouvée dans l'Inde, apparaît plus nettement encore à la suite des expériences toutes récentes faites à Oporto. On est donc fondé à croire que les efforts de la Science ne seront pas déçus, pourvu que la maladie lui laisse quelque répit et ne se répande pas avant qu'aient pu être forgées les armes destinées à la combattre.

Tel est le résumé très succinct et sans doute aussi très incomplet des résultats le plus récemment acquis par la Science dans les diverses directions où s'exerce son activité. Pour un si court espace de temps, c'est, comme on voit, une abondante récolte.

Au cours de cet exposé, pour n'offenser la modestie de personne, on s'est abstenu de citer aucun nom. Mais tout le monde sait bien quelle large part nos confrères ont prise à tous ces progrès ; on les a reconnus et salués au passage. Aussi l'Académie, fière de leurs efforts et de leurs succès, proclame-t-elle ici par ma voix qu'ils ont bien mérité de la Science et de la Patrie. Beaucoup d'autres aussi, qui n'ont pas encore pu prendre rang parmi nous, tant à l'Étranger qu'en France, et notamment les nombreux lauréats auxquels nos prix vont être décernés tout à l'heure, y ont puissamment contribué. L'Académie est heureuse de leur adresser à tous ses remerciements et ses félicitations.

Ne l'oublions pas, cependant : après tout, ce sont là seulement quelques beaux cailloux, quelques précieux coquillages, ramassés un à un sur le rivage chaque jour un peu plus découvert ; la grande mer de la Vérité n'en continue pas moins de s'étendre devant nous, presque aussi profonde et presque aussi inconnue. Souvenons-nous-en, non pas certes pour nous décourager, tout au contraire, pour nous exciter sans cesse à de nouveaux efforts, dans la certitude que, dirigés par une méthode de plus en plus sûre, ils seront aussi de plus en plus fructueux, en sorte que peu à peu tous les voiles seront écartés, toutes les ombres dissipées, et qu'enfin il sera permis à l'homme de contempler face à face toute la Vérité dans la pleine lumière.

Hélas ! Messieurs, il n'est pas donné à tous ceux qui ont semé et cultivé, de faire aussi la moisson. La mort emporte chaque année quelques-uns d'entre nous. Depuis notre dernière séance publique, notre Académie a perdu deux de ses Membres, M. Naudin, doyen de la section de Botanique, et M. Friedel, doyen de la section de Chimie, deux de ses Associés étrangers, M. Frankland à Londres et M. Bunsen à Heidelberg, et cinq de ses Correspondants, tous étrangers, M. Richards à Londres, M. Wiedemann à Leipzig, M. Marsh à New-Haven (Connecticut), M. Flowerà

Londres et M. Riggenbach à Olten. Chacun d'eux a reçu ou recevra, dans la Section à laquelle il appartenait, tout l'hommage mérité par son talent et ses services. J'ai seulement le devoir de les rappeler ici en quelques mots à votre souvenir.

Élève et ami de Decaisne, dont il fut longtemps l'aide-naturaliste dans la chaire de Culture du Muséum d'histoire naturelle, M. Naudin s'est fait connaître du monde savant d'abord par d'importants travaux descriptifs, en particulier par une monographie de la grande famille des Méla-stomacées, puis et surtout par une longue et belle série de recherches sur l'hybridité et sur la variation, qui a obtenu le grand prix de Physiologie au concours de 1861 et lui a ouvert les portes de l'Académie des Sciences dans la section de Botanique en 1863. Il aurait pu tout aussi justement y entrer dans la section d'Économie rurale. De bonne heure, en effet, il s'était intéressé à l'art de la Culture. Sur ce vaste sujet, on lui doit un très grand nombre d'articles, publiés dans les revues et journaux spéciaux, et un *Manuel de l'Amateur des jardins* en quatre volumes, rédigé en collaboration avec Decaisne. Depuis bien des années déjà, toujours retenu dans le Midi, d'abord par un établissement de Botanique expérimentale qu'il avait fondé à Collioure, puis par la direction du Laboratoire et du Jardin botanique créés à Antibes par Gustave Thuret et généreusement légués à l'État par sa famille, M. Naudin ne faisait plus à Paris que de rares et courtes apparitions. Aussi la plupart d'entre nous ne le connaissaient-ils que de nom. Il continuait pourtant à s'intéresser à nos travaux et à nous donner des preuves de sa propre activité en publiant,

3

entre autres ouvrages, un *Manuel de l'Acclimateur* et deux mémoires importants sur les Eucalyptes, qui montrent bien toute l'utilité de ces Jardins d'essai, lorsqu'ils sont dirigés par un savant expérimenté. Il est parti, nous a dit celui de nos confrères qui l'a le mieux connu, laissant le souvenir d'un homme bienveillant, d'un brillant causeur, d'un esprit vif, original, très ouvert, qui se mouvait avec la même aisance dans le domaine des faits, dans celui des idées et dans celui de l'imagination, d'une âme virile, que les épreuves les plus cruelles n'ont pu abattre.

Élève de **Wurtz** et son successeur dans la chaire de Chimie organique de la Faculté des Sciences de l'Université de Paris, **M.** Friedel a consacré tous ses efforts à continuer et à développer l'œuvre de son illustre maître et ami. Par ses nombreux et importants travaux, par son enseignement à l'École normale et à la Faculté des Sciences, par les élèves distingués qu'il a formés dans son laboratoire et tout récemment encore par cette École de Chimie pratique appliquée à l'industrie qu'il venait de fonder à la Sorbonne et à laquelle il donnait sans compter tous ses soins, il a exercé une grande et féconde influence sur les progrès de la Chimie organique dans notre pays durant le dernier quart de siècle. On lui doit notamment de belles recherches sur les aldéhydes, les acétones et les acides organiques, une série de travaux sur les combinaisons du silicium qui ont mis en évidence les étroites analogies entre ce corps et le carbone, et une nouvelle méthode de synthèse fondée sur l'emploi du chlorure d'aluminium, méthode dont l'admirable fécondité est encore loin d'être épuisée. La Minéralogie avait eu tout d'abord sa prédi-

lection ; il était conservateur des Collections minéralo-
giques de l'École des Mines, et c'est cette science qu'il a
enseignée à l'École normale et aussi à la Sorbonne avant
d'y recueillir la succession de Wurtz. Il n'a pas manqué de
l'enrichir de nombreuses observations, cristallographiques
et cristallophysiques, en même temps qu'il réussissait à
reproduire un grand nombre de minéraux naturels. Tout
autant que l'étendue et la variété de ses connaissances,
nous savions apprécier l'affabilité de son caractère, la
droiture de son esprit, l'élévation de son âme, infatiga-
blement éprise de vérité et de justice, et, pour tout dire
en un mot, la haute valeur morale de sa personne.

Professeur de Chimie à l'Institution royale de la Grande-
Bretagne et à l'École des Mines de Londres, M. Frankland
s'est illustré par la découverte des combinaisons organo-
métalliques, ces singuliers corps composés qui, comme le
cyanogène, jouent le rôle de corps simples, et dont les
types sont le zinc-éthyle et le zinc-méthyle. Il a fait connaître ensuite plusieurs procédés généraux de synthèse
qui, se fondant sur l'emploi de ces combinaisons, ont
contribué à fixer la valence des métaux et leur satu-
ration. Parmi beaucoup d'autres recherches, on lui doit
aussi d'importantes études sur les eaux potables et les
eaux vannes, qui ont conduit à améliorer les conditions
hygiéniques de la ville de Londres.

La longue vie de M. Bunsen s'est écoulée tout entière
dans le laboratoire et dans la chaire de Chimie de l'Uni_
versité de Heidelberg. Dès 1837, il y établissait sa réputation en découvrant dans le cacodyle, ou arsenic-dimé-
thyle, le premier et le type de cette série de radicaux

organo-métalliques dont M. Frankland a depuis, comme on vient de le rappeler, enrichi la Chimie. Plus tard, à l'aide d'une pile nouvelle qui porte son nom, il a isolé le calcium, le baryum, le strontium, et fait connaître les propriétés de ces métaux. Chacune des étapes de sa longue et laborieuse carrière a été marquée ainsi par quelque nouveau progrès. Mais surtout il a eu la gloire d'attacher son nom à l'une des découvertes les plus considérables de la science moderne, celle du spectroscope et de l'analyse spectrale, faite en collaboration avec Kirchhoff, son collègue dans la chaire de Physique de l'Université. On sait combien cette méthode a été et continue d'être féconde, et qu'après nous avoir fait connaître toute une série de nouveaux corps simples dont Bunsen et Kirchhoff ont trouvé les deux premiers, le cæsium et le rubidium, elle a permis de démontrer l'unité de composition chimique de tous les astres et de prouver ainsi l'identité de la matière dans toute l'étendue de l'Univers, résultat de la plus haute importance, on le comprend, pour la Philosophie naturelle.

Après s'être acquitté avec succès de plusieurs missions hydrographiques, longues et difficiles, notamment la reconnaissance des côtes et des îles de l'Amérique occidentale dans une région où la nature paraît avoir accumulé tous les obstacles, opération qui n'a pas duré moins de sept années, l'amiral Richards, alors seulement capitaine de vaisseau, fut nommé en 1863 au poste élevé d'Hydrographe de l'Amirauté anglaise. Là, pendant dix ans, il a consacré son activité à améliorer le service qui lui était confié, tant au point de vue des méthodes scientifiques qu'à celui de la production générale. C'est sous sa direction que furent organisés divers groupes d'exploration des mers, et notamment en 1872 la célèbre expédition du *Challenger*. C'est à lui également que sont dues les études · préliminaires concernant les missions anglaises du premier passage de Vénus sur le Soleil. Dès 1866, notre Académie l'avait nommé Correspondant dans sa section de Géographie et de Navigation.

Professeur de mathématiques à l'Université de Christiania depuis 1877, M. Lie avait répondu en 1886 à l'appel très honorable de l'Université de Leipzig, où il a enseigné jusqu'en 1898 ; mais, tout récemment, il était revenu dans son pays natal pour y occuper la chaire que le parlement de Norvège lui avait spécialement réservée, en la dotant pour lui d'un traitement exceptionnel. Après une première étude où il a su trouver une transformation singulière qui fait correspondre à toute ligne droite une sphère, qui fait dériver par conséquent de toute proposition relative à un système de lignes droites un théorème relatif à un ensemble de sphères, et *vice versa,* il a été conduit à construire progressivement cette magistrale théorie des groupes continus de transformations qui constitue son œuvre la plus importante et qu'il a par la suite appliquée à un grand nombre de sujets particuliers, notamment à la théorie des surfaces minima et à celle des surfaces à courbure constante. Ces beaux travaux ont eu le privilège de réunir dans une commune admiration les géomètres et les analystes et ils ont beaucoup contribué à ce rapprochement, à cette unification des sciences mathématiques à laquelle on a fait tout à l'heure allusion. Aussi, dès 1892, notre Académie s'était-elle attaché M. Lie comme Correspondant dans sa section de Géométrie.

M. Wiedemann était, depuis 1871, professeur de Chimie physique à l'Université de Leipzig, et depuis 1893, notre Correspondant dans la section de Physique. On lui doit de nombreux travaux sur l'Électricité et le Magnétisme, en particulier des recherches devenues classiques sur l'Electrochimie et les propriétés des dissolutions salines, sur la conductibilité des métaux pour la chaleur comparée à leur conductibilité électrique; sur l'aimantation du fer et de l'acier et ses relations avec les déformations mécaniques, enfin sur la rotation du plan de polarisation de la lumière sous l'influence du courant électrique, qu'il a démontré le premier être proportionnelle à l'intensité du courant. En 1877, il a pris la direction des célèbres *Annales de Poggen_dorff*, qui sont devenues les *Annales de Wiedemann*, et il a su conserver à cette publication toute l'autorité que lui avait donnée son fondateur. Mais son œuvre principale, à laquelle il a consacré une grande partie de son existence, est un Traité général d'électricité et de magnétisme. Véritable monument scientifique, cet ouvrage a eu, sous des titres différents, quatre éditions successives ; le dernier volume de la dernière édition, qui en compte quatre, a paru en 1898, peu de mois avant la mort de l'auteur.

M. Marsh, de New-Haven (Connecticut), Correspondant dans la section de Minéralogie, a consacré sa grande fortune à la recherche des Vertébrés fossiles. Il a fait dans ce dessein aux Montagnes Rocheuses une longue suite de pénibles et périlleuses explorations. Il en a rapporté des monceaux d'ossements, qui lui ont permis de reconstituer une multitude d'animaux gigantesques et étranges, qui ont étonné le monde scientifique et qu'il a décrits dans de magnifiques publications. Tout récemment, dans un admirable élan de générosité, il a fait don à Yale University de ces splendides collections. Pour tout cela, son nom restera honoré par tous ceux qui s'intéressent à l'histoire de la vie dans les temps passés.

M. Flower, surintendant du département zoologique du British Museum, où il a remplacé Richard Owen en 1874, occupait parmi les naturalistes anglais une situation des plus élevées. Pendant plus de trente-cinq années, il s'est consacré à l'étude de l'Anatomie comparée et ses principaux travaux ont eu pour objet les Mammifères. On lui doit notamment de belles recherches sur la conformation de l'encéphale dans les Vertébrés supérieurs, sur le cerveau et la dentition des Marsupiaux, sur les homologies existant entre la ceinture pelvienne et la ceinture scapulaire des Vertébrés, sur le crâne des Carnassiers, et toute une série de mémoires sur les grands Mammifères de l'ordre des Cétacés. Tous ces travaux l'ont désigné, en 1895, au choix de notre Académie, qui l'a nommé Correspondant dans sa section de Zoologie.

Attaché d'abord comme ingénieur à la construction des chemins de fer de l'Ouest Suisse, M. Riggenbach a été le promoteur du lançage des ponts métalliques, procédé qui, après des perfectionnements successifs, a été étendu, comme on sait, à des portées de plus en plus grandes, aujourd'hui gigantesques. On lui doit la création du système à crémaillère pour les chemins de fer de montagne, système qu'il a inauguré de 1871 à 1874 sur les deux versants du Rigi avec une pente maximum de 25 p. 100, et qui a reçu depuis de si nombreuses applications. On lui doit aussi la construction des chemins de fer funiculaires à caisse d'eau, réalisée d'abord en Suisse, puis dans beaucoup d'autres pays. Grâce à lui, les voies ferrées pénètrent désormais dans les gorges les plus escarpées et atteignent le sommet des plus hautes montagnes, rendant d'immenses services à des populations qui n'avaient avant lui aucun espoir d'être jamais desservies autrement que par d'étroits chemins de mulets ou par de périlleux sentiers. C'est pour récompenser ces éminents services que l'Académie avait élu, en 1893, M. Riggenbach comme Correspondant dans sa section de Mécanique.

Vous le voyez, Messieurs, Membres ordinaires, Associés ou Correspondants, chacun de ces Confrères disparus, par une belle et libre intelligence, par un labeur obstiné et fécond, par un dévouement de toute la vie aux idées supérieures, a largement contribué à accroître le patrimoine de la Science, à en répandre au dehors les bienfaits, à la faire aimer et respecter, justifiant ainsi toutes les espérances que le monde moderne a placées en elle et nous laissant la tranquille assurance que dans l'avenir les plus hautes même ne seront pas déçues. Aussi leur garderons-nous à tous un souvenir reconnaissant.

NOTICE HISTORIQUE

SUR LA VIE ET LES TRAVAUX

DE

M. FÉLIX TISSERAND

MEMBRE DE L'ACADÉMIE DES SCIENCES

PAR

M. J. BERTRAND

SECRÉTAIRE PERPÉTUEL

Lue dans la séance publique annuelle du 18 décembre 1899.

MESSIEURS,

« Newton est bien heureux, s'écriait Lagrange, d'avoir trouvé un monde à expliquer ! » Il ajoutait avec découragement : « Malheureusement il n'y a qu'un ciel ! » Il n'y en a qu'un, mais il est infini. Dans ses inépuisables abîmes, les géomètres trouveront toujours de beaux problèmes à résoudre, les philosophes, le sujet de décourageantes rêveries. L'étude du ciel est privilégiée, tout progrès y assure la gloire, toute conquête l'immortalité. Jamais la France n'a déserté la lice. Après les noms fameux de d'Alembert, de Clairaut, de Lagrange et de Laplace, après ceux de Le Verrier et de Delaunay qui le deviendront, celui de Félix Tisserand a brillé au premier rang. Ses leçons ont préparé ses successeurs, son exemple les a guidés, son souvenir entretient l'ardeur qui lui survit.

Félix Tisserand est né le 11 janvier 1845, à Nuits-Saint-Georges. Son père était tonnelier, profession importante dans une contrée de grands vignobles. Félix était de petite taille. Ses camarades à l'école primaire l'avaient surnommé la Petite Fée, ils jouaient sur la rencontre des syllabes ; mais bien d'autres enfants s'appelaient Félix, lui seul était la petite fée. Son père, d'habitudes simples et modestes, ne souhaitait rien à ses enfants au delà de l'honnête et heureuse médiocrité dont pour lui-même il remerciait Dieu, respectant la science comme nécessaire et utile, et ne voyant dans les belles-lettres qu'un divertissement pour les oisifs.

Dès l'âge de dix ans, les maîtres de Félix à Nuits-Saint-Georges n'avaient plus rien à lui apprendre, et formaient de lui les meilleures espérances.

Sérieux et pensif, l'aimable enfant, déjà modeste et difficile à contenter, se trouvait ignorant et demandait à étudier encore. La science était son partage. Cédant à son désir et au conseil de ses maîtres, on l'envoya au Collège de Beaune, dans les vieux murs où, cent ans avant sa naissance, les Oratoriens, excellents maîtres et excellents juges, pour louer l'application et les progrès de Gaspard Monge, fils d'un vitrier ambulant, le qualifiaient de *Puer aureus !* Merveilleux enfant ! pourrait-on traduire. Issu du même terroir, et comme lui d'une famille laborieuse, la petite fée de Nuits-Saint-Georges dévoua comme lui son esprit à la

seience. M. Tisserand, suivant sans étonnement, mais sans
grande joie, les succès qu'il avait prévus, envoya Félix termi-
ner au lycée de Dijon ses études scientifiques, incomplètes à
Beaune. Tout en méritant les prix de thème et de version,
Félix s'appliquait aux problèmes de géométrie et excel-
lait aux exercices d'algèbre. Après une année de mathématiques spéciales, à l'âge de dix-huit ans, il se présenta
à l'École Polytechnique et à l'École Normale ; il réussit
dans les deux épreuves. Entre ces deux carrières également
conformes à son zèle pour la science, Tisserand
n'hésita pas. Reconnaissant pour ses maîtres, rien ne lui
paraissait plus désirable et plus beau que leur modeste
carrière ; il opta pour l'École Normale. Il choisissait bien,
l'avenir l'a prouvé ; mais quoi qu'il décidât, le succès pour
lui était certain. Quand on a l'esprit bon, ce qui est rare,
n'en déplaise à Descartes, pour l'appliquer et en faire bon
usage les occasions ne manquent jamais.

Les premières épreuves n'avaient pas fait paraître la
supériorité de Tisserand ; sur les dix-sept élèves admis à
l'École Normale, il était classé le quinzième. Embrassant
à la fois toutes les études, toutes les voies de la science
tentaient sa curiosité ; il dépassa sur toutes ses concur-
rents. Désiré Nisard, chef de l'école, dès la fin de la
première année, signalait Félix Tisserand dans son rapport
annuel comme donnant tous les bons exemples. Vingt
ans après, en publiant les souvenirs de sa vie, il se plaisait
à rappeler ce jugement et s'en faisait honneur.

Le directeur des études scientifiques, c'était Pasteur,
avait su dans cet écolier irréprochable deviner un élu de
la science ; il le signala à Le Verrier, et sur toutes choses

répondit de lui. Après quelques mois de stage dans un
lycée, Tisserand, sans l'avoir demandé, fut nommé astronome adjoint à l'Observatoire de Paris. L'attrait était
grand; il hésita pourtant. Malgré d'éminentes qualités,
Le Verrier, d'après le bruit commun, inspirait de grandes
préventions, et l'opinion générale lui reprochait un
caractère difficile, dont ses collaborateurs se plaignaient;
agrèssif avec les uns, tyrannique avec les autres, il les tenait
en défiance et en hostilité. Vigilant d'ailleurs, et attentif
aux détails, singulièrement habile à tout régenter, il avait
fait de l'Observatoire une excellente école, réputée insup-
portable. On s'y élevait contre lui avec emportement, et
au delà de toute vraisemblance. On amplifiait sans doute,
et, sans vouloir trahir la vérité, les passions courroucées lui
prêtaient de trop vives couleurs. Le maréchal Vaillant, ami
de l'autorité, mais d'humeur conciliante, avait dit et aimait
à redire : « L'Observatoire est impossible sans Le Verrier, et avec lui plus impossible encore. » Il n'importe;
Tisserand, avant tout, recherchait et poursuivait la science.
Sans craindre la rigueur et l'âpreté de la règle, il l'accepta,
et fit de son mieux. Ce fut un bonheur pour l'astronomie
et pour lui-même.

Bon, cordial, capable de patience et de fermeté, Tisserand, en entrant à l'Observatoire, s'était promis d'ignorer
les haïnes et les intrigues. Témoin pacifique d'une guerre
sans cesse renaissante, sans entrer en révolte contre le
grand astronome qui sut apprécier ses talents, il ne devint
pas son ami.

J'ai entendu, longtemps après, chacun d'eux parler de
l'autre sans rancune ni amertume. Tisserand reprochait à

Le Verrier de tourner trop souvent son obstination et sa force en sévérités inutiles, comme s'il prenait plaisir à justifier le mauvais vouloir opiniâtre qu'il ne pouvait plus accroître.

Le seul grief de Le Verrier contre Tisserand, qui ne s'en défendait pas, était d'avoir souvent accordé à ses compagnons de travail et d'étude, qui, de très bonne foi, s'arrogeaient les droits de belligérants, son approbation et son concours dans les malices, innocemment opposées, disaient-ils, à la discipline et à la règle. On s'entendait pour traverser les décisions, les desseins et quand on le pouvait pour entraver, comme par hasard, les travaux du chef qui savait tout voir.

Lorsque j'ai eu l'honneur de rendre à cette place l'hommage dû par nos traditions à la mémoire de Le Verrier, je fis appel à la complaisance toujours prête de Tisserand, qui le connaissait bien ; sur le chapitre du caractère, il se montra très discret ; s'il avait eu à en souffrir, il s'en souvenait bien peu. Dans la note qu'il me remit, une seule ligne le faisait entendre : *L'entente avec lui n'était pas facile.* Sans autres critiques, sa justice rendait témoignage à la persévérance opiniâtre de ses illustres calculs, à la grandeur, aux succès et à l'industrie habile de ses admirables travaux.

Le Verrier aimait à dominer, mais il donnait peu de conseils ; on lui en demandait moins encore. Tisserand, sans le consulter, choisit comme sujet de thèse pour le doctorat : l'exposition, d'après les principes de Jacobi, de la méthode suivie par M. Delaunay dans la théorie du mouvement de la Lune. Le rapprochement imprévu de deux

noms aussi éloignés dans la science devait plaire aux amis
de Delaunay ; il supposait chez le jeune auteur beaucoup
de savoir et beaucoup d'habileté. Si, comme il est possible, il ne lui agréa pas, Le Verrier n'en fit rien paraître ;
il approuva, sans l'examiner en détail, un travail très éloi-
gné de ses études habituelles. Sa brassée était comble,
comme dit Montaigne ; son esprit partagé par la diversité
des travaux entrepris, s'appliquait rarement aux théories
abstraites, inutiles à ses vues.

Le savant très éminent dont, pour faire un rival à Le
Verrier, on applaudissait bruyamment tous les travaux,
avait-il rencontré Jacobi dans son vol si haut et si ferme?
Fallait-il désormais, dans l'histoire de la science, associer le nom de Delaunay au nom illustre de l'un des plus
grands géomètres qui aient existé?

Ceux qui jugent sur le titre pouvaient seuls poser la
question ; ils n'hésitaient pas à la résoudre. Pour rabaisser
la gloire importune de Le Verrier, on applaudissait bruyamment à la célébrité méritée de celui dont on voulait faire
plus que son rival. On traitait l'un de savant architecte,
l'autre de maçon habile. Sans vouloir s'associer à ces
malices ou à ces rancunes, Tisserand soutint sa thèse aux
applaudissements de la Sorbonne. Requis par les traditions
universitaires de donner des arrhes de sa force, il en appor-
tait les preuves abondantes et entières. On ne pouvait sans
lui faire injure lui prêter d'autres desseins. Le jeune doc-
teur, impatient de toute nouveauté, saisissant, peu de jours
après ce brillant succès, l'occasion d'aller sous des climats
nouveaux étudier un ciel inconnu, s'embarquait à Mar-
seille, en compagnie de MM. Stéphan et Rayet, pour

observer à Malacca l'éclipse du 18 août 1868. La mission française ne pouvait se dispenser de présenter ses hommages au roi de Siam. Dévot aux incarnations de Bouddah, le puissant monarque s'empressa de bien accueillir les sages d'Occident ; il était avide de divertissements ; l'éclipse promise était un spectacle qu'il voulut voir. Oubliant pour un jour les soins de son empire, Sa Majesté Siamoise, exacte au rendez-vous, assista à l'observation comme à une solennité célébrée dans le ciel en son honneur. Ce fut une déception ; il s'attendait à mieux. Pour bien voir, il faut bien regarder, et pour s'instruire, il faut beaucoup savoir. En regardant dans une bonne lunette respectueusement mise au point, il aperçut, sans en faire grand miracle, le soleil diminuer et disparaître précisément à l'heure annoncée. A travers un verre noirci, le plus humble de ses sujets en voyait autant ; la lunette n'y ajoutait rien ; le fait était banal et de mauvais augure. Cette obscurité subite semblait présager quelque malheur. En est-il un plus grand que la mort d'un prince ? C'est celui-là précisément qui vint justifier les craintes : le roi mourut quelques semaines après l'observation. En vain les sceptiques firent remarquer que le lieu était insalubre, la saison mauvaise, les médecins ignorants ; les esprits méfiants soupçonnèrent ces étrangers, barbus sans être vieux, précocité très rare, d'avoir apporté méchamment dans le **pays** un phénomène mystérieux et menaçant.

Le butin astronomique était petit ; mais tout en observant, Tisserand continuait ses études accoutumées ; nourri des chefs-d'œuvre de Jacobi, il lisait couramment ceux de Lagrange, ils le suivaient jusque sur le pont du navire ;

obstacle, Tisserand n'en fut pas découragé : « Je l'entends encore, a écrit son éminent successeur à l'Observatoire de Toulouse, me montrant plans en mains ce qu'il était possible de faire, m'expliquant ses projets, de son ton calme, simple et bon, avec une confiance dont l'optimisme eût étonné tout autre qu'un ami. » Il avait la foi ; il sut l'inspirer aux autres. Il n'en dut pas moins porter d'abord son ardeur vers les études les moins coûteuses, c'est la théorie que je veux dire, seul luxe possible dans la pénurie où l'on se trouvait. Il revint à la mécanique céleste. Les leçons faites à la Faculté des Sciences, savante distraction dont il profitait lui-même, préparèrent un personnel d'élite. Quoique déjà ancien à Toulouse, le cours d'astronomie, attrayant et utile, devint une nouveauté. Tisserand joignait au talent d'enseigner, le don d'instruire. On est curieux à Toulouse, et prompt à comprendre ; l'auditoire faisait de rapides progrès. Prenant à part les plus appliqués et les plus instruits, il en fit des collaborateurs et des amis ; c'est ainsi que les écoles se fondent et que la pensée féconde les esprits. Formés par Tisserand, et blessés comme leur maître, comme lui pour toujours, de l'aiguillon de la science, MM. Bigourdan et Perrotin ont bien mérité d'elle. Aujourd'hui encore, à l'Observatoire de Paris et à celui de Nice, l'abondance de leurs travaux et l'heureux succès d'un zèle persévérant attestent chaque jour l'efficacité des puissants secours et des lumières reçues à Toulouse.

L'Académie des Sciences et Belles-Lettres de Toulouse, prompte à honorer tous les mérites, s'empressa d'adopter le jeune maître. Tisserand fut un de ses membres les plus autorisés et rencontra bien vite au Capitole des admirateurs, des prôneurs désintéressés et des amis. Il aimait lui-même à citer Molins, le vénérable Brassine, Despeyrous, le généreux donateur de la statue de Fermat, et notre futur confrère Léauté, dont la jeune réputation croissait avec la sienne.

Toulouse, en publiant les premiers mémoires de Tisserand, l'éleva promptement au rang qu'il méritait chaque jour davantage parmi les savants de l'Europe. En étudiant l'invariabilité des grands axes et de la durée des révolutions planétaires, c'est le même problème, Tisserand a inscrit son nom dans l'histoire à l'un des résultats les plus admirés de la philosophie naturelle.

Laplace, en 1773, a affirmé ce beau théorème de l'invariabilité. Lagrange a proposé en 1776 une démonstration plus rapide et plus droite ; l'analyse de Poisson, en 1806, complétait celle de ses maîtres, qui, sans réclamer leur droit d'aînesse, la saluèrent tous deux comme plus hardie, plus solide que les leurs, et valable pour un plus long avenir. La rigueur en géométrie n'accepte aucun degré ; les démonstrations de la mécanique céleste sont d'autre sorte. Qu'est-ce à dire ? Les mathématiques, comme les en accusait le chevalier de Méré, peuvent-elles se démentir ? Il ne faut pas le croire. Les grands axes des orbites sont invariables ; les plus sceptiques n'en sauraient douter, ils le sont comme la température des caves de l'Observatoire, comme la composition chimique de l'atmosphère, non comme les rayons d'un même cercle. Les variations sont petites, elles ne sont pas nulles. Les siècles succèdent aux siècles, sans diminuer les grands axes, ni les accroître et, d'année en année, les variations se compensent. La démonstration est rigoureusement faite pour une longue durée, dont les bornes restent inconnues. Au regard des abîmes du temps et de l'espace, les milliards d'années s'anéantissent, les millièmes de seconde peuvent les engendrer. Ces réserves n'auraient contenté ni Archimède ni Euclide, ils sont intolérants; pour eux, il n'y a pas de petites fautes; et ils ne peuvent admettre des distinctions, qui seraient une hérésie pour des formules mathématiquement exactes; sur de telles formules le temps ne peut rien. Mais, dans l'étude des mouvements célestes, ces scrupules sont impossibles. Tisserand le savait, et sans prétendre usurper sur le temps où l'ordre des siècles sera révolu, comme dit Bossuet, et le Soleil glacé peut-être, il se bornait à perfectionner, sans en changer l'esprit, l'œuvre de Lagrange, de Laplace et de Poisson. L'autorité du jeune directeur grandissait avec sa renommée, son zèle animait tous les services. Muni peu à peu de tous les moyens d'observation, l'Observatoire de Toulouse devenait un des foyers de la science. Tisserand, sans rien retrancher des travaux réguliers et nécessaires, savait y adjoindre des études originales et variées qui jamais ne sont superflues.

Une étoile de la constellation du Serpent intéresse depuis longtemps les astronomes; son éclat est petit, elle est restée sans nom; dans le dénombrement des éléments d'Ophiucus on la désigne par un numéro d'ordre. Herschell y a montré deux soleils; sans être rare, cette réunion est de grande conséquence. Les astronomes, depuis plus d'un siècle, préparent par de continuelles mesures les documents d'une étude riche d'avenir, sur les détails invisibles de ce monde à deux zodiaques.

Tisserand a pu aisément comparer, aux balances de l'algèbre, les masses des deux soleils, et assigner le temps de leur révolution autour d'un foyer invisible. Ce n'est qu'un commencement.

Ces problèmes en font naître de plus difficiles. Si l'on suppose, l'hypothèse est plausible, que des créatures intelligentes, raisonnables, d'un esprit moins borné que le nôtre, à la vue plus perçante et armées d'instruments plus parfaits, admirent ces deux soleils, créés, ils n'en doutent pas, pour réjouir leur vue, les mystérieuses énigmes qui étonnent et tourmentent leur curiosité ne sont pas indignes de la nôtre. Aussi bien qu'eux, et moins difficilement peut-être, nous pouvons espérer les résoudre ; si nous sommes trop éloignés des détails, il se peut qu'ils en soient trop près. On se connaît mal soi-même, la maxime s'étend aux étoiles. L'étude admirable d'un monde très simple, c'est le nôtre que je veux dire, nous a exercés et préparés ; notre Soleil est fixe, nous le savons ; semblable à un phare, il éclaire d'une première lueur les ténèbres de notre esprit. Dans le monde d'Ophiucus les astres radieux se meuvent réellement, aucun repère n'est fixe, c'est pour l'astronomie un grand embarras ; la planète habitée, si elle existe, ne parcourt pas, comme notre Terre, une ellipse, presqu'un cercle ; éternellement variable, son orbite ne se ferme jamais. La prison tournoyante qui entraîne ses habitants et les enferme est pour eux le centre du monde. Où se prendront-ils dans de telles ténèbres ? La révélation de leurs conjectures, de leurs hésitations, de leurs méprises, de leurs systèmes, de leurs doutes, de leurs disputes, de leurs découvertes, s'ils ont su en faire, montrerait pour étonner nos esprits une imagination, une audace et une perspicacité plus qu'humaines.

Quel Copernic, chez eux, saura deviner l'admirable concert des deux soleils et, sans s'étonner de leurs allures bizarres, révéler les ellipses qu'ils parcourent ?

Quel Képler percera le secret des lois inflexibles sans volontés et sans caprices, ne permettant aux astres aucun pas fait à l'aventure ?

Quel Newton saura, d'un vol plus haut encore, dans le plan général d'un système plus complexe et plus impénétrable que le nôtre, deviner les effets de l'attraction, ressort commun de tous les mondes? Un tel problème effrayerait les plus illustres, les données sont insuffisantes; comment espérer le succès, sinon de quelque Descartes aussi rêveur et mieux inspiré que le nôtre, se piquant d'opérer sans preuves et de décider par génie? Lorsque, par un hasard heureux, la vérité est énoncée, des preuves sans nombre viennent bien vite la transformer en certitude.

Une telle page de l'histoire des mondes, si l'on savait la raconter, formerait un beau rêve où rien ne serait chimérique, et un poème de haute envolée où la raison sévèrement respectée révélerait les caprices possibles de la nature.

La science est infinie. La mécanique céleste, conduite à la perfection, saura peut-être un jour nous dire avec rigueur les lois d'un monde à plusieurs soleils. Pour les habitants d'Ophiucus, elles semblent peut-être depuis longtemps banales et aisées à connaître.

La vie de Tisserand à Toulouse était laborieuse et douce.

Heureux dans sa tranquille retraite, méditant d'excellents travaux, servir la science était sa joie et son ambition la plus haute. Une occasion de bien faire se présenta. Tisserand pour la saisir n'avait pas de sacrifice à faire ; il aimait les voyages, il n'hésita pas à offrir son concours pour l'observation du passage de Vénus sur le Soleil annoncé depuis cent cinq ans pour le 8 mai 1874. Huit ans après, déjà membre de l'Académie des Sciences, il dirigeait une des missions organisées pour observer le passage de 1882, au jour et à l'heure annoncés par les astronomes du siècle dernier.

Ces passages sont fort rares et de grande conséquence, leurs circonstances et leur durée, d'après les calculs de Halley, doivent faire connaître très exactement la distance qui nous sépare du Soleil, et par une suite nécessaire les dimensions absolues de toutes les orbites planétaires. On connaît depuis longtemps les rapports ; les grandeurs absolues exigent d'autres méthodes. Képler suivait jour par jour, sans se tromper en rien, la variation des distances de la planète Mars au Soleil, mais il les supposait témérairement vingt fois plus petites qu'elles ne sont. On ignore ses raisons, quoiqu'il les ait dites ; elles sont incompréhensibles, mais leur illusion est manifeste. Képler acceptait sans raisonnement et sans preuves les harmonies dictées par ses sublimes visions.

La Bruyère, qui parlait volontiers de Jupiter et de Saturne, a écrit : « On n'a aucune méthode pour déterminer la distance du Soleil. » Fontenelle, en l'évaluant à 30 millions de lieues, se trompait environ d'un cinquième. Si le mot célèbre de Pascal était vrai, ceux qui, le prenant à la lettre, regardent la Terre comme un point très délié, auprès du vaste tour que le Soleil embrasse, devraient perdre l'espoir de mesurer notre orbite. Toute mesure suppose une base, un point très délié n'en offre aucune. Heureusement, l'éloquence la plus admirée exagère; c'est sa beauté, sa faiblesse et sa force. La comparaison de la Terre à un point très délié brille par excès d'audace. Si l'on ne savait que Pascal écrivait pour lui-même, on pourrait l'accuser d'avoir trop bonne opinion de son lecteur.

La perspective change les apparences. Une éclipse partielle à Paris peut être complète à Malacca. Tisserand le savait en 1869. La distance du Soleil était alors à très peu près connue. Insatiables de perfection, les astronomes attendaient le passage de Vénus pour obtenir une mesure exacte et certaine. Quel que soit le phénomène observé, le désaccord de deux observations lointaines est lié à la distance des astres et fournit l'équation, disons mieux, les équations du problème. L'heure du premier contact et celle du second, la grandeur de la corde parcourue par la planète sur le disque du Soleil, en donnent chacun une. De grandes difficultés embarrassent le développement de cette idée ingénieuse et simple. En 1874 et en 1882, aussi bien qu'au siècle dernier en 1762 et en 1780, les déceptions ont été grandes. La théorie reste irréprochable, mais, contrairement aux espérances justifiées par de savantes études, on observe malaisément l'heure précise de l'entrée et celle de la sortie. Pour deux observateurs voisins, très soigneux l'un et l'autre, et munis d'excellentes lunettes, l'écart s'élève à plusieurs secondes. Les mesures prises, combinées deux à deux, donnant des résultats très différents, il faut renoncer à toute conclusion précise. On s'est adressé au calcul des probabilités, jamais par son aide on n'obtiendra la certitude.

Après la mort de Le Verrier, la mécanique céleste semblait négligée à l'Académie des Sciences et au Bureau des longitudes. Toulouse devenait en France le centre de l'activité astronomique. Aucun observatoire ne lui disputait le premier rang. L'Académie, écartant l'obligation réglementaire de la résidence à Paris, appela dans sa section d'astronomie l'illustre savant de Toulouse. Les plus hautes situations et les plus laborieuses vinrent s'offrir à lui; à la chaire de mécanique de la Faculté des Sciences succède le titre de membre du Bureau des longitudes, et le plus important de tous, celui de Directeur de l'Observatoire de Paris. Tout le préparait à porter dignement ce lourd fardeau. Tisserand acceptait comme des devoirs à remplir les honneurs dus à ses talents et à sa renommée toujours croissante.

Les devoirs d'un directeur sont difficiles et variés; Tisserand savait les concilier et les remplir sans effort, associant une autorité équitable et ferme à une affabilité aimable et à une déférence modeste pour ceux qui, plus anciens que lui, avaient guidé ses premiers pas dans la science. Contre toute règle et toute discipline, la résistance est inévitable; Tisserand eut la prudence d'y opposer avec une inflexible douceur une patience que rien ne décourageait. Sans s'étonner d'aucun travail, en menant tout de front, comme Le Verrier à force de volonté avait appris à le faire, il devait se partager, suffire à tout et rendre toute tâche régulière et facile.

C'est à l'Observatoire de Paris que Tisserand a résolu

par une voie imprévue un difficile problème qui fait
penser à la perspicacité légendaire du Babylonien Zadig.
Le plus beau cheval des écuries du roi s'était échappé des
mains d'un palefrenier dans les plaines de Babylone. Le
grand veneur et tous les autres officiers couraient après
lui avec inquiétude. Le grand veneur s'adressa à Zadig
et lui demanda s'il n'avait pas vu passer le cheval du roi.
« C'est, répondit Zadig, le cheval qui galope le mieux, il a
cinq pieds de haut, le sabot est petit, il porte une queue
de trois pieds de long, les bossettes de son mors sont d'or
à vingt-trois carats, les fers sont d'argent à onze deniers.
— Quel chemin a-t-il pris? où est-il? demanda le grand
veneur. — Je ne l'ai point vu, répondit Zadig, et je n'en ai
jamais entendu parler. »

Une comète a disparu, elle a déserté son orbite, comme
le cheval les écuries du roi. Une autre apparaît, est-elle
réellement nouvelle? Faut-il croire qu'on revoit la première
parcourant une courbe nouvelle? Les comètes dans les
profondeurs du ciel sont plus nombreuses, disait Képler,
que les poissons dans la mer. Le Soleil qui les attire peut
quelquefois les capter au passage, et soumettre à ses lois
un astre qui ne s'échappera plus. Mais le hasard peut
encore changer leur route; s'il les conduit trop près d'une
planète puissante, de Jupiter par exemple, ou de Saturne,
aucune limite n'est assignable à la grandeur possible des
perturbations. Jupiter peut même, dans des conditions
aisées à définir, se les approprier pour toujours et les changer en satellites. Il se peut donc qu'une comète, quand on
l'aperçoit pour la première fois, soit réellement nouvelle-
ment venue dans notre monde solaire, il n'est pas impos-

sible aussi qu'elle y ait simplement changé de route. Le discernement semble difficile. Les comètes étudiées naguère, et qu'on ne revoit plus, sont les seules qu'on puisse soupçonner. Les observations anciennes permettraient de rétablir jour par jour, pas à pas pour ainsi dire, la marche qu'elles ont suivie, de calculer leurs rencontres dans le ciel et les conséquences nécessaires des perturbations qu'elles ont subies. Le travail serait immense. Le critérium de Tisserand, au contraire, est facile. Familier avec les formules de Jacobi, Tisserand a su y lire une conséquence qui, dans les leçons tant admirées sur la mécanique analytique, avait échappé à tous les yeux. On pourrait répéter ici ce que Jacobi, en exagérant un peu, a écrit d'une formule de Poisson : « Ce résultat prodigieux et jusqu'ici sans exemple était resté à la fois découvert et caché. » Le théorème de Jacobi était depuis trente ans livré à l'admiration de tous, nul ne le rapprochait de la théorie des comètes. Pour en faire une arme nouvelle, Tisserand n'avait qu'à se pénétrer du principe et l'appliquer à un beau problème auquel Jacobi n'avait jamais songé. La formule aujourd'hui classique, que la rencontre de Jupiter et de Saturne laisse invariable, conservera avec justice le nom de critérium de Tisserand.

L'exactitude des mesures dans un observatoire doit égaler la précision des calculs. A quoi bon calculer les dixièmes de seconde s'il est impossible de les observer? L'horloge est l'âme d'un observatoire : aucun raffinement n'est pour elle trop subtil. A Paris, la pendule installée dans les caves, à vingt-trois mètres au-dessous du sol, est soustraite aux variations de la température; chef-d'œuvre

d'un grand artiste, Winnerl, on l'admire, mais on la sur-
veille ; les inégalités sont très petites, mais leur allure est
capricieuse et bizarre. Grâce à Tisserand, la cause est connue,
on trouvera le remède. La pendule est placée dans un vide
imparfait ; ses variations suivent celles du baromètre ;
mieux enfermer l'horloge n'est pas facile. Une formule pro-
posée par Tisserand et perfectionnée avec un art savant
donnera pour la correction une méthode régulière et précise.

Les notices scientifiques de Tisserand données à l'*An-
nuaire du Bureau des longitudes*, savante distraction con-
sacrée par l'exemple de ses prédécesseurs, sont faites de
main de maître. La tâche est délicate ; il faut être très bref,
très exact dans ses assertions et très simple dans ses
preuves, qualités presque contradictoires. Les uns embarrassent le lecteur par des scrupules qu'il ne saurait partager et épuisent la patience par la longueur des explica-
tions préliminaires. Bien loin de dissimuler les difficultés
comme l'ont fait souvent les maîtres du genre, ils semblent
se plaire à en accroître le nombre. D'autres, faisant espérer l'impossible, s'efforcent, comme a dit Fontenelle, de
traiter la philosophie d'une manière qui ne soit pas philo-
sophique ; il faut traduire, car cette langue n'est plus ni
parlée ni comprise : Fontenelle veut dire qu'ils veulent
montrer la vérité de loin sans la dépouiller de ses voiles.

Quelques-uns s'appliquent à raccourcir et à abaisser la
route. Quelques rayons de lumière, habilement concentrés
sur les points les plus accessibles, laissent supposer que
le temps seul a empêché d'éclairer les autres. On laisse
hors du cadre les précipices qui côtoient la route et les
rochers qui l'entravent, se contentant pour tout artifice de

les passer sous silence. Pour accepter ce trop facile pro-
gramme, Tisserand avait trop de franchise ; il invoque les
principes sévères de la science et s'appuie sur eux avec
confiance, sans souci de ceux qui en méconnaissent la
savante clarté et n'ont pas appris la langue qu'on leur parle.
Une instruction sérieuse est obligatoire ; Tisserand ne veut
pas faire du Bureau des longitudes une école primaire.

Le *Traité de Mécanique céleste*, œuvre capitale et admirée
de Tisserand, est écrite pour les savants qui n'ont rien
oublié. On ne le lit pas, on l'étudie. On pourrait, en
tête de chaque chapitre, inscrire comme épigraphe : Nul
n'entre ici s'il n'est géomètre. Le langage est celui des
sublimes méthodes qu'on appelait naguère, avec un respect presque mystérieux, le calcul de l'infini ; il faut le
comprendre à demi-mot, et, sans embarras ni fatigue, en
interpréter la savante brièveté ; cette œuvre magistrale
résume et enseigne sans un seul cri d'admiration, sans
exciter ni surprendre l'imagination, les plus grands efforts
et les plus heureux, qui, depuis deux siècles, ont fait honneur à l'esprit humain. Les calculs se déroulent sans orne-
ment et sans pompe, on marche de conquête en conquête
sans rencontrer un seul bulletin de victoire.

Tisserand a obtenu des juges les plus illustres et les
plus compétents l'applaudissement qui lui était dû. L'Académie impériale de Saint-Pétersbourg lui a décerné par
un vote unanime le prix Schubert. A qui l'eût menacé
d'avoir peu de lecteurs, il aurait répondu comme cet
ancien : J'en ai assez de peu, j'en ai assez d'un, j'en ai assez
de pas un. Il travaillait pour lui-même et pour ceux qui
veulent lui ressembler.

L'admiration laisse cependant place à la critique. Dans cette œuvre immense, pour ne rien dissimuler, j'aurais sur plus d'un point préféré le choix d'une marche plus attrayante et d'une route plus aisée. Ceux qui ont connu Tisserand peuvent affirmer qu'après avoir tout examiné et tout pesé, il a dit ce qu'il a voulu dire et suivi librement son dessein. Les ressources de son esprit, si grandes et si variées, et attestées tant de fois, lui permettaient tous les choix. Sa manière est très nette et, de l'aveu de tous, il y a excellé. Il s'adresse aux géomètres seuls qu'il suppose très habiles et très doctes; l'entreprise est immense, il ne veut pas l'étendre. Ceux qui, sans pénétrer jusqu'au fond, désirent mériter, en ménageant le travail, l'honneur de parcourir ces hautes régions, trouveront peu de pages à leur gré. Toujours excellent guide, Tisserand prend rarement le rôle de cicerone.

Juge trop bienveillant pour choisir dans l'étendue de son domaine, Tisserand n'y oublie rien mais n'en veut pas sortir. On chercherait en vain dans ce *Traité de Mécanique céleste* l'exposition et l'histoire des découvertes de Newton. Fondations immuables et solides sur lesquelles repose l'édifice, les premières assises sont cachées.

Dans le chapitre consacré à la précession des équinoxes l'absence du nom de Poinsot m'a causé, je l'avoue, une pénible déception. Le chef-d'œuvre dans lequel celui qu'on semble ignorer a expliqué le phénomène avec un sens si profond de la mécanique ne forme pas même un document à consulter. Plus d'un juge avait déjà porté le même jugement; cette indifférence a sa tradition. Lorsque Poinsot, dans la suite de ses recherches sur la rotation d'un corps

solide, aborda la théorie de la précession des équinoxes,
Poisson déclarait ses formules déjà connues et ajoutait que
ces méthodes stériles n'en donnent que le premier terme.
Notre confrère Alfred Serret ayant dessein d'enseigner
au Collège de France la théorie de la précession des équinoxes, je lui signalai le beau mémoire dans lequel Poinsot
montre dans un jour nouveau et, par des raisonnements
clairs et assurés, rend évidentes et sensibles toutes les
causes du phénomène dont d'Alembert a découvert le
mystère entrevu par Newton.

A peine savait-il qu'il existât. Sur le terrain ferme et
solide qu'il connaissait si bien, un seul coup d'œil jeté sur
la route lui montre l'évidence et la simplicité des résultats
où elle conduit. La période calculée est de 26 000 ans,
celle d'Hipparque, et le mouvement annuel de cinquante
secondes. C'est là toute la pensée de Poinsot, qui néglige
et dédaigne le calcul hasardeux des accélérations et des
retards mesurés en centièmes de seconde. L'exposition me
semblait terminée, très peu de paroles y avaient suffi ; j'y
avais pris plaisir comme à contempler un chef-d'œuvre
connu et aimé, lorsque, dédaigneux, Serret, m'interrompant
brusquement, s'écria, du ton que pourrait prendre un
habile fabricant de chronomètres en voyant admirer
une horloge de bois : « Mais ces centièmes de seconde
sont toute la question, eux seuls donnent de la peine,
le mouvement sans eux serait uniforme, un portier inté-
grerait ! » Chacun de nous resta persuadé, peut-être
avec raison, qu'il manquait quelque chose au sens
critique de l'autre. Préoccupé des mêmes scrupules
et des mêmes ambitions, rejetant comme indignes de

ses lecteurs des preuves accessibles à leur concierge, tenant l'intégration pour un outil que rien ne remplace, Tisserand écrit pour ceux qui savent le manier et s'y plaire. La justesse des calculs, la précision des résultats sont l'honneur et la gloire de la mécanique céleste, elles seules sont utiles. Pour ceux qui dédaignent les détails, les lois de Képler suffisent à la théorie des orbites, les méthodes de Poinsot à celle des rotations. La théorie pour ceux-là peut se réduire à cent pages, qui seraient un chef-d'œuvre et doubleraient le prix des autres.

Il y a trente-cinq ans environ, je fus chargé, je ne sais à quelle occasion, d'inspecter la division de troisième année à l'École Normale, dont Tisserand était le chef. Pasteur, alors directeur des études scientifiques, me demanda : « Que pensez-vous de Tisserand ? — C'est, répondis-je, un excellent élève, le meilleur de tous. » La réponse lui parut froide, il s'écria : « Tisserand ! c'est un *grand* Puiseux ! » Cette louange, très haute dans sa bouche, sera comprise de tous ceux qui ont connu Victor Puiseux. Entre Tisserand et Puiseux, le plus aimé de ses maîtres, la conformité des talents égalait celle des caractères. Tous deux ont montré par leur exemple que, pour grand que soit le mérite, une trop grande modestie affaiblit pour un temps l'éclat et le retentissement des succès, mais que pour grande aussi que soit la modestie, quand elle s'allie à la droiture et à la bonté, elle rehausse tôt ou tard l'admiration due à un grand esprit de tout le respect imposé par un beau caractère.

Paris. — Typ. de Firmin-Didot et Cⁱᵉ, impr. de l'Institut, 56, rue Jacob. — 38578.